D0837735

RICHMOND HILL
PUBLIC LIBRARY

MAR 22 2007

OAK RIDGES MORAINE
905-773-5533

BOOK SOLD
NO LONGER R.H.P.L.
PROPERTY

Échauffement

Pour Françoise, qui m'a dit :
« Pourquoi ne ferais-tu pas un livre
sur le football appelé "But !" ? »
Et j'ai répondu : « Tiens tiens... »

TRADUCTION D'ANNE DE BOUCHONY

ISBN : 2-07-054884-8
Titre original : *Goal !*
Publié pour la première fois par Andersen Press Ltd., Londres
© Colin McNaughton, 1997, pour le texte et les illustrations
© Gallimard Jeunesse, 1997, pour la traduction française,
2002, pour la présente édition

Numéro d'édition : 141245
Loi n° 46-956 du 16 juillet 1949
sur les publications destinées à la jeunesse
1ᵉʳ dépôt légal : février 2002
Dépôt légal : décembre 2005
Imprimé en Italie par Editoriale Lloyd
Réalisation Octavo

Colin McNaughton

But !

GALLIMARD JEUNESSE

Un jour, Samson est en train
de jouer au football dans le jardin,
lorsque sa mère lui demande
d'aller faire les courses.

Une baguette
de pain, s'il te
plaît, mon sucre
d'orge.

Samson décide de prendre
son ballon,

et Samson, le plus talentueux
footballeur du monde,
se met en route.

?

Je dribble, Tralala... j'écrase, je talonne.

Il passe un joueur, puis un autre,
contourne le gardien de but
et tire...

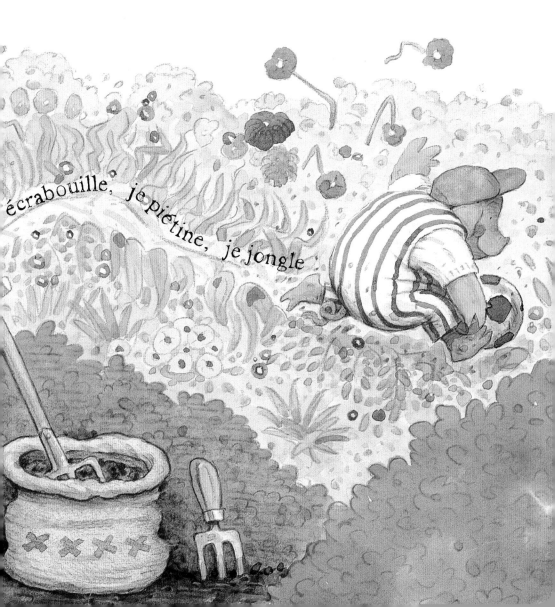

écrabouille, je piétine, je jongle

Et les supporters se déchaînent :
– Waouh ! Samson le cochon !
Waouh ! Monsieur Cochon !

Et Samson récupère le ballon.
Il traverse tout le parc en courant
et tire…

Il le paiera !

Et la foule immense scande :
– Sam-son ! Sam-son !
Il est le plus génial !

Samson essaie de réussir
le coup du chapeau.

Et c'est incroyable !
Il poursuit sa course !
Il esquive un joueur, un deuxième,
dribble le troisième, et tire…

Laissez-le-moi !

But!

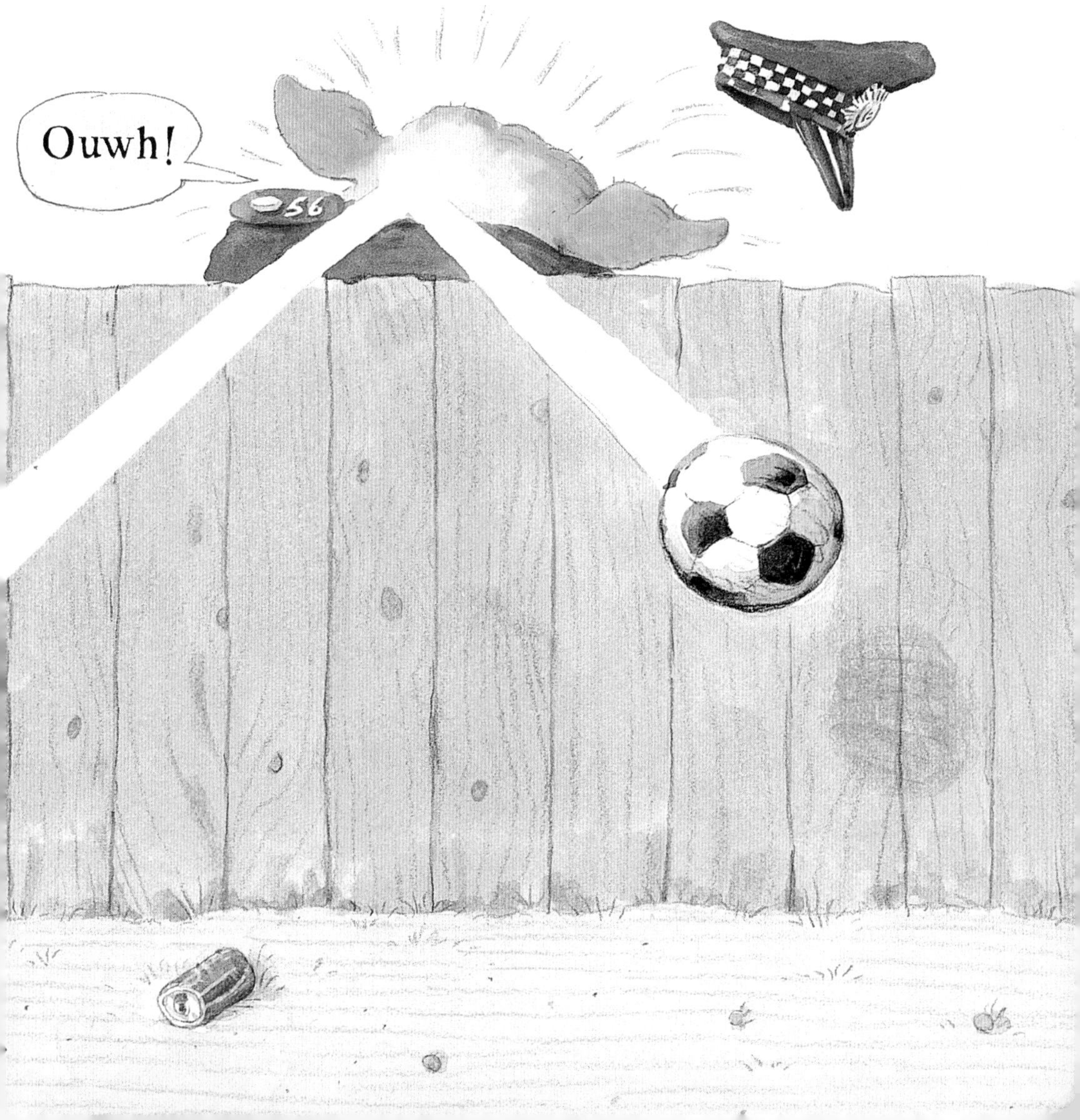

Cela fait trois buts à zéro.

Mais Super-Samson
n'a pas encore
dit son dernier mot !

Quel jeu !
Quel contrôle !
Je suis une star !

Il dribble le grand Pelé, passe
Maradona le magicien,
évite Shearer,

fait un petit pont à Cantona
et tire…

Après ce quatrième but, Samson
se décide à rentrer à la maison
avec le pain.

Monsieur Loup quitte
le supermarché.

Monsieur Loup prend un raccourci
et se cache pour guetter Samson.

Et monsieur Loup engloutit Samson.

Du moins,
c'était ce qu'il espérait...

Prolongation

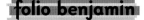
folio benjamin